Fischer TaschenBibliothek

AF802364

Mit sechzehn muss Édouard Louis' Mutter die Schule verlassen, weil sie schwanger ist, mit neunzehn hat sie zwei Kinder, keine Ausbildung und einen Mann, den sie hasst, zu viel Gewalt, zu viel Alkohol. Als Kind und Jugendlicher schämte sich Louis für seine Mutter. Sie ist fünfzig, als sie ihn anruft: »Ich hab es getan.« Wie er selbst Jahre zuvor hat sie endlich mit ihrem bisherigen Leben gebrochen. Édouard und Monique treffen sich in einem Pariser Café, Louis erkennt seine Mutter fast nicht, sie strahlt, ist voller Lebensenergie. Eine schonungslose und liebevolle Hommage an die eigene Mutter.

Édouard Louis, 1991 geboren, ist ein internationaler Shootingstar, seine Bücher erscheinen in 30 Ländern und werden regelmäßig auf die Bühne gebracht, zuletzt »Wer hat meinen Vater umgebracht« und »Die Freiheit einer Frau«. Ob Gilets jaunes oder Polizeigewalt, Louis tritt öffentlich für die von der Gesellschaft Vergessenen ein. Er lebt in Paris und überall auf der Welt.

Hinrich Schmidt-Henkel übersetzt aus dem Französischen, Norwegischen, Italienischen und Dänischen, darunter Jon Fosse, Tomas Espedal, Jean Echenoz, Louis-Ferdinand Céline. Er wurde u.a. mit dem Jane-Scatcherd-Preis, dem Paul-Celan-Preis und dem Deutschen Jugendliteraturpreis ausgezeichnet.

Weitere Informationen finden Sie auf www.fischerverlage.de

Édouard Louis

DIE FREIHEIT EINER FRAU

Aus dem Französischen
von Hinrich Schmidt-Henkel

FISCHER TaschenBibliothek

Aus Verantwortung für die Umwelt hat sich der S. Fischer Verlag zu einer nachhaltigen Buchproduktion verpflichtet. Der bewusste Umgang mit unseren Ressourcen, der Schutz unseres Klimas und der Natur gehören zu unseren obersten Unternehmenszielen. Gemeinsam mit unseren Partnern und Lieferanten setzen wir uns für eine klimaneutrale Buchproduktion ein, die den Erwerb von Klimazertifikaten zur Kompensation des CO_2-Ausstoßes einschließt.
Weitere Informationen finden Sie unter: www.klimaneutralerverlag.de

FSC
www.fsc.org
MIX
Papier | Fördert gute Waldnutzung
FSC® C083411

Erschienen bei FISCHER Taschenbuch
Frankfurt am Main, Oktober 2023

Die Originalausgabe erschien 2021 unter dem Titel
›Combats et métamorphoses d'une femme‹
bei Éditions du Seuil, Paris

Umschlaggestaltung: Andreas Heilmann und Gundula Hissmann, Hamburg
Umschlagabbildung: Édouard Louis
Druck und Bindung: CPI books GmbH, Leck
Printed in Germany
ISBN 978-3-596-52341-2

I

Alles hat mit einem Foto angefangen. Ich wusste nicht, dass es dieses Bild gab und ich es besaß – wer hat es mir gegeben und wann?

Das Foto hat sie mit ungefähr zwanzig gemacht. Ich stelle mir vor, wie sie den Apparat verkehrt herum hielt, um ihr Gesicht einzufangen. Zu der Zeit gab es noch keine Mobiltelefone, und sich selbst zu fotografieren war ziemlich umständlich.

Sie hat den Kopf auf die Seite geneigt und lächelt leise, das gekämmte Haar klebt auf ihrer Stirn, makellos, ihr blondes Haar rahmt die grünen Augen.

Als ob sie verführerisch wirken wollte.

Ich finde nicht die Worte, um es zu erklären, aber alles auf diesem Abzug, in ihrer Haltung, in ihrem Blick, im Schwung ihrer Haare erzeugt den Eindruck von Freiheit, die unendlich vielen Möglichkeiten vor sich, und vielleicht, auch, das Glück.

Ich glaube, ich hatte vergessen, dass sie vor meiner Geburt frei war – glücklich?

Wahrscheinlich habe ich manchmal daran gedacht, während ich noch bei ihr lebte, natürlich war sie irgendwann mal jung und voller Träume gewesen, aber als ich dieses Foto wiederfand, hatte ich schon lange nicht mehr daran gedacht, dieses Bewusstsein, Wissen, war zu abstrakt. Nichts oder so gut wie nichts daran, wie ich sie in meiner Kindheit kannte, während der körperlichen Nähe zu ihr fünfzehn Jahre lang, hätte mich daran erinnern können.

Als ich dieses Bild sah, spürte ich, wie die Sprache aus mir verschwand. Sie frei zu sehen, mit ganzem Körper in die Zukunft projiziert, rief meine Erinnerung an ihre mit meinem Vater geteilten Lebensjahre wach, die von ihm ausgegangenen Demütigungen, die Armut, zwanzig Jahre ihres Lebens versehrt und fast zerstört durch die männliche Gewalt und das Elend, zwischen fünfundzwanzig und fünfundvierzig Jahren, in dem Alter, in dem andere das Leben ausprobieren, die Freiheit, Reisen, sich selbst kennenlernen.

Der Anblick dieses Fotos hat mich daran erinnert, dass die Zerstörung dieser zwanzig Lebensjahre nichts Natürliches war, sondern auf das Einwirken von Kräften außerhalb meiner Mutter zurückging – Gesellschaft, Männerwelt, mein Vater –, und dass folglich alles auch hätte *anders gewesen sein* können.

Der Anblick des Glücks hat mich die Ungerechtigkeit seiner Zerstörung spüren lassen.

Ich habe vor diesem Foto geweint, denn ich war, ohne mein Zutun, oder vielleicht eher zusammen mit meiner Mutter selbst und manchmal gegen sie, einer der Akteure dieser Zerstörung.

Der Tag des Streits mit meinem kleinen Bruder – das war im Sommer. Ich kam nach Hause, hatte den Nachmittag auf den Stufen des Rathauses des Dorfs verbracht, und zwischen meinem kleinen Bruder und mir brach vor dir ein Streit aus. Mitten in Geschrei und Beschimpfungen sagte mein Bruder mit einer Betonung, so herabsetzend wie nur möglich, Über dich zerreißt sich sowieso das ganze Dorf hinter deinem Rücken das Maul. Alle nennen dich eine Schwuchtel.

Nicht unbedingt, was er da sagte, verletzte mich, oder die Tatsache, dass ich wusste, es stimmte, sondern dass er es vor dir sagte.

Ich verzog mich in mein Zimmer, packte die Flasche mit buntem Sand, die auf meinem Schrank stand, ging zurück zu meinem kleinen Bruder und feuerte sie auf den Boden, vor ihm. Er hatte diese Flasche in der Schule gebastelt. Die Lehrerin hatte den Kindern seiner Klasse vorgeschlagen, Sand mit Farbstoff zu vermischen und ihn dann in leere Colaflaschen zu füllen, um verschiedenfarbige Objekte herzustellen; sie hatte meinen kleinen Bruder gefragt, für wen er die Flasche machen wollte, und seine Wahl war auf mich gefallen, für mich hatte er sich Mühe gegeben, für mich hatte er einen ganzen Tag lang an diesem Ding gearbeitet.

Als ich ihm die Flasche vor die Füße schmiss, schrie er einmal schrill auf und weinte, das Gesicht nicht zu sehen, zur Sofalehne gedreht. Du kamst zu mir, du gabst mir eine Ohrfeige und sagtest, du hättest noch nie ein so grausames Kind gesehen. Es tat mir sofort leid, aber ich hatte mich nicht beherrschen können. Ich nahm es meinem Bruder übel, dass er vor dir etwas offenbart hatte, das zu mir gehörte, zu meinem Leben, zu meinem Leid.

Ich wollte nicht, dass du wusstest, wer ich bin.

Während der ganzen ersten Jahre meines Lebens lebte ich in ständiger Furcht davor, du könntest mich erkennen. Als in der Mittelschule Treffen zwischen Eltern und Lehrern stattfanden, sorgte ich, anders als andere Kinder mit guten Noten, dafür, dass du es nicht erfuhrst. Ich versteckte die Einladungen, ich verbrannte sie. Als zum Schuljahresende im Festsaal des Dorfs eine Aufführung mit Sketchen, Liedern und kleinen Choreographien veranstaltet wurde, luden die anderen Kinder ihre Eltern und die ganze Familie ein. Ich aber tat alles dafür, dass du nicht hingingst. Ich sagte, die Tänze und Lieder wären doof, ich erfand technische Probleme, ich nannte dir das falsche Datum. Ich belog dich. Später studierte ich diese in Filmen und Fernsehserien so häufigen Szenen mit einem Kind, das auf der Bühne steht und darauf wartet, dass seine Eltern im Saal erscheinen, um die Vorführung zu bewundern, die es das Schuljahr über in Gedanken an sie vorbereitet hat, sorgfältig, und ich erkannte mich weder im Warten noch in der Enttäuschung über ihr Ausbleiben wieder. Als hätte ich meine ganze Kindheit im Grunde *anders herum* gelebt.

Du solltest nicht wissen, dass die anderen Kinder in der Schule nicht meine Freunde sein wollten, denn mit einem befreundet zu sein, der als *der Schwule* verschrien war, hätte ihrem Ansehen geschadet. Du solltest nicht wissen, dass zwei Jungen mich mehrmals die Woche im Flur zur Schulbibliothek abpassten, um mich zu ohrfeigen und mir ins Gesicht zu spucken, um mich dafür zu bestrafen, wer ich war, Stimmt's, du bist n Schwuli?

Du solltest nicht wissen, dass ich schon mit neun oder zehn Jahren den Geschmack der Melancholie und der Verzweiflung kannte, dass ich durch diese Gefühle vorzeitig gealtert war, dass ich jeden Morgen mit dieser Frage im Kopf aufwachte, Warum bin ich der, der ich bin? Warum bin ich mit dem Gebaren eines Mädchens geboren, dem

Gebaren, das andere, und sie hatten recht, sofort als Beweis meines Unnormalseins identifizierten? Warum war ich mit dem Begehren nach anderen Jungen geboren und nicht nach Mädchen wie mein Vater und meine Brüder? Warum war ich nicht jemand anderer? Als ich einige Jahre nach alldem während eines Streits zu dir sagte, ich hätte meine Kindheit gehasst, schautest du mich an, als wäre ich verrückt, und sagtest, Aber du hast die ganze Zeit gelächelt!

Wie hätte ich dir damals diese Reaktion übel nehmen können, denn sie war gewissermaßen das Zeichen meines Sieges, schließlich war es mir die ganze Zeit gelungen, dich in Unwissenheit darüber zu halten, wie mein Leben war, und dich letzten Endes daran zu hindern, meine Mutter zu werden?

Die ersten Seiten dieser Geschichte hätten überschrieben sein können: Ringen eines Sohnes darum, nicht Sohn zu werden.

Das Jahr, als sie in Ferien fahren wollte – sie kam in die Küche und sagte zu uns, ihr Beschluss stehe fest. Wir würden wegfahren. Sie erinnerte sich an die Urlaube ihrer Kindheit in den Bergen, als die Ärzte sie ins Zentralmassiv geschickt hatten, um ihr schweres Asthma zu lindern. Ich saß neben meinem

Vater, wir sahen fern, und sie erklärte, Wir fahren in die Berge. Mein Vater lachte. Er schaute weiter die laufende Sendung und bemerkte nur, Was soll das wieder für eine bescheuerte Idee sein.

Sie hatte tags zuvor eine Sozialarbeiterin aufgesucht, die ihr erklärt hatte, es gebe staatliche Programme für Familien wie uns, die kein Geld für Urlaub hätten, und meine Mutter hatte zu hoffen begonnen.

Sie bewegte sich zwischen unserem Zuhause und dem kleinen Gebäude hin und her, in dem die Büros des Sozialamts untergebracht waren, am Rand der Felder, nahe der Metallfabrik. Sie kam zurück, stapelweise Formulare unter dem Arm, Nachweise, frisch kopierte, noch lauwarme Dokumente, und das mit einer Energie, die ich noch nie an ihr gesehen hatte, weder an ihrem Körper noch in ihrem Gesicht.

Sie legte die Papiere auf den Tisch und fächerte sie auf, um sie meinem Vater zu zeigen, aber der wendete den Blick nicht vom Fernseher ab. Er meinte, das interessiere ihn nicht, und da saß sie, reglos. Sie drehte sich zu mir um, aber ich hörte auch nicht hin, ich weiß nicht warum, vielleicht imitierte ich unbewusst meinen Vater, vielleicht war ich von der Beschreibung ihres Unterfangens gelangweilt.

Mein Vater machte sich weiter über sie lustig, aber sie gab nicht auf. Manchmal sah ich sie mehrmals pro Tag zum Lebensmittelladen des Dorfs gehen, um den Fotokopierer neben der Ladenkasse zu benutzen.

Sie fragte meinen Vater nach Unterlagen, die er im Vorjahr eines Tages sortiert und abgeheftet hatte, aber er antwortete, er erinnere sich nicht mehr, wo er sie hingetan habe. Das sagte er mit einem verhalten grausamen Lächeln.

Sie wartete. Sie wartete, bis er in der Kneipe war, dann durchsuchte sie die Schubladen. Sie zog sie nicht nur auf, sie nahm sie ganz aus der Kommode und stellte die kleinen Kästen auf den Boden. Sie setzte sich auf die Fliesen und nahm die Papierstapel nacheinander heraus, sie telefonierte, hinterließ Nachrichten, wenn sie niemanden erreichte, versuchte sie es noch mal, sie ging durch die Straßen, füllte weitere Formulare aus, bis sie eines Tages zu uns sagte, es sei geschafft, sie habe gewonnen, ihr Satz übertönte den Fernseher, Nächsten Sommer fahren wir in Ferien. Sie lächelte. *(Dein Gesicht strahlte auf einmal so.)* Mein Vater sagte, er werde nicht mitfahren, aber in diesem Stadium konnte nichts, was er sagte, sie treffen, sie verachtete ihn jetzt, in den Unterlagen hatte sie Fotos von dem kleinen Bergdorf, in das ich mit ihr fahren würde, Fotos auch von der Unterkunft, und in den Monaten vor dem Aufbruch sah sie sie sich jeden Tag an, morgens, abends vor dem Schlafengehen, Hunderte Male. An dem Tag, als sie uns die Nachricht verkündete, flüsterte sie mir ins Ohr, damit mein Vater es nicht hörte, Endlich werde ich glücklich sein.

Man hat mir gesagt, die Literatur dürfe niemals versuchen, die Wirklichkeit zu erklären, sondern sie nur illustrieren, aber ich schreibe, um das Leben meiner Mutter zu erklären und zu verstehen.

Man hat mir gesagt, die Literatur dürfe sich niemals wiederholen, aber ich will immer nur dieselbe Geschichte erzählen, immer wieder darauf zurückkommen, bis sie Fragmente ihrer Wahrheit durchscheinen lässt, *ein Loch nach dem anderen graben, bis zu dem Augenblick, da etwas von dem durchsickert, was sich dahinter verbirgt.*

Man hat mir gesagt, die Literatur dürfe niemals Gefühle zur Schau stellen, aber ich schreibe nur, um Gefühle hervorquellen zu lassen, die der Körper nicht ausdrücken kann.

Man hat mir gesagt, die Literatur dürfe niemals einem politischen Manifest ähneln, aber schon schärfe ich jeden Satz, als wäre er eine Messerklinge.

Denn jetzt weiß ich es, sie haben das, was sie Literatur nennen, gegen solche Leben und solche Körper wie den ihren, wie den meiner Mutter konstruiert. Denn jetzt weiß ich es, künftig über sie und über ihr Leben zu schreiben, das heißt, gegen die Literatur anzuschreiben.

Sie wurde am Rande einer großen Stadt in Nordfrankreich geboren. Ihre Mutter ging nicht arbeiten, ihr Adoptivvater war Fabrikarbeiter. Sie war stolz darauf, dass sie, anders als mein Vater, nicht auf dem Land aufgewachsen war, Darum kann ich mich besser ausdrücken als er.

Ich versuche mich zu erinnern: Ihr Vater starb, als sie zehn war. Ein Unfall, über den sie häufig sprach. Sie besaß einen Brief von ihm, knapp zwanzig Zeilen, den er im Krankenhaus geschrieben hatte, als er schon wusste, dass er sterben würde. Bisweilen, einmal oder zweimal pro Jahr, öffnete sie den sorgfältig gefalteten und in einem vergilbten Umschlag verstauten Brief und las ihn erneut, auf dem Rand ihres Bettes sitzend. Ich sah ihr durch den Türspalt zu und versuchte, die Gefühle zu erfassen, die sie überkamen.

Ich weiß sonst nichts weiter über ihre Kindheit zu sagen, ausschließlich dieses Arbeitermilieu und den Verlust des Vaters.

Ihre Mutter – meine Großmutter – war eine zurückhaltende, schüchterne, unsichtbare Frau – genau so, wie man es von einer Frau erwartete. Sie redete leise, machte zu essen und den Haushalt, verschwand nach dem Essen vom Tisch, um den Abwasch zu erledigen, während die Männer weiterredeten und sich Wein nachgossen. Sie war in den dreißiger Jahren geboren worden und hatte mit sechs oder sieben im Zweiten Weltkrieg wegen der Bombenangriffe das heimische Nordfrankreich verlassen müssen. Unter diesen Umständen hatte sie nicht lesen lernen können und hat dieses Versäumnis später aufgeholt, aus eigener Kraft. Sie führte ein bescheidenes Dasein, sie hatte vier Kinder großgezogen, meine Mutter und deren Geschwister, ihr Mann war jung gestorben, aber sie war nicht unglücklich. Wenn ich in den Schulferien ein paar Tage bei ihr verbrachte, sagte sie über meine Mutter, Es tut mir weh, meine Tochter so leiden zu sehen. Ich hätte nie gedacht, dass ich deine Mutter mal so sehen würde.

Die Geschichte meiner Mutter beginnt mit einem Traum: Sie wollte Köchin werden. Wahrscheinlich eine Fortsetzung der sie umgebenden Realität. Die

Frauen hatten immer das Essen gemacht und die anderen bedient. Mit sechzehn meldete sie sich in der Hotelfachschule ihrer Region an, musste aber ein Jahr später ihre Ausbildung unterbrechen; sie war schwanger und kurz davor, meinen großen Bruder zur Welt zu bringen, der dann früh ein gewalttätiger Alkoholiker werden sollte, immer zwischen Gericht und Polizeiwache pendelnd, mal, weil er seine Frau schlug, mal, weil er an der Bushaltestelle oder auf den Rängen des örtlichen Sportstadions Feuer legte, ich komme noch darauf zurück. Der Vater, ein Klempner, den sie ein paar Monate zuvor kennengelernt hatten, verlangte von ihr, das Kind zu behalten. Sie heirateten um des schönen Scheins willen, sie zogen zusammen, er arbeitete, mit achtzehn war sie schon »Mutter und Hausfrau«, wie sie selbst es nannte. Vielleicht hoffte sie da noch, ihre Jugendträume in ein paar Jahren wieder aufnehmen zu können, doch knapp zwei Jahre nach der ersten Geburt stellten die Ärzte eine zweite Schwangerschaft fest, und sie brachte ihr zweites Kind zur Welt, meine große Schwester. Mit zwanzig saß sie mit zwei Kindern, ohne jeden Berufsabschluss und einem Mann zu Hause, den sie bereits verabscheute, nach wenigen Jahren des Zusammenlebens.

Er kam mitten in der Nacht betrunken nach Hause. Sie wusste nicht, wo er den Abend verbracht hatte, sie stritten sich. Als sie mir mehr als zwanzig

Jahre später davon erzählte, erklärte sie, Ich war stärker als er, also traute er sich nichts. Aber das war kein Leben. Ich war müde. Ich war es müde, in einer Situation zu leben, in der ich immer die ganze Zeit darauf vorbereitet sein musste, mich zu verteidigen.

Sie verabscheute ihn, aber sie blieb bei ihm, wegen der beiden Kinder, für sie. Sie sagte, sie habe nicht gewollt, dass sie ohne Vater aufwachsen, sie wollte nicht »verantwortlich« sein. Und regelmäßig fügte sie an, Außerdem, weggehen wollte ich ja gern, aber wohin denn bitte?

Trotzdem hielt sie es nach zwei oder drei weiteren Jahren nicht mehr mit ihm aus. Sie erfuhr, dass er mit anderen Frauen schlief, er belog sie. Er trank immer mehr. An manchen Tagen – wie Jahre später sein Sohn, mein großer Bruder, wie eine exakte Wiederholung seines Lebens – wachte er morgens um sieben oder acht Uhr auf, um arbeiten zu gehen, und war schon blau, ohne ein Glas getrunken zu haben, der Alkohol verließ seinen Körper nicht mehr, und sie ging weg.

Sie zog zu ihrer Schwester in ein Hochhaus mit Sozialwohnungen am Rand einer kleinen Industriestadt, in der Nähe von allerlei Einkaufsmärkten und riesengroßen Gartencentern.

Sie war dreiundzwanzig Jahre alt, hatte zwei Kinder, keine eigene Wohnung, keine Arbeit, keinen

Führerschein, keine Bekannten, die ihr helfen konnten. Der einzige Traum, der ihr blieb, der einzige für jemanden wie sie überhaupt noch mögliche Traum bestand darin zurückzugehen, die Zeit zurückzudrehen. Das war nur wenige Tage nach ihrem fotografischen Selbstporträt.

Warum habe ich das Gefühl, eine traurige Geschichte zu schreiben, obwohl ich doch vorhatte, die Geschichte einer Befreiung zu erzählen?

2000 oder vielleicht 2001 – Erinnerung an Stimmen in der Nacht; an diesem Abend hatte sie zu viel getrunken. Das kam so gut wie nie vor, im Dorf waren die Rollen von vornherein verteilt. Die Männer tranken, und die Frauen versuchten, ihre Männer am Trinken zu hindern. Aber an manchen Abenden vergaß sie die Regeln. Sie wollte sich amüsieren und bat meinen Vater, ihr eine Flasche Litschi-Likör mitzubringen, wenn er seinen Pastis kaufte, das Getränk hieß Soho. Mangels Gewohnheit war sie schnell betrunken, und unter der Wirkung des Alkohols wiederholte sich jedes Mal dieselbe Szene. Sie ging zu der großen Holzkommode, wo der DVD-Player stand und schob eine CD ein, die einzige, die sie besaß, einen Sampler mit Stücken von den *Scorpions*.

Sie hörte sonst nie Musik, jetzt pfiff und sang sie mit. Sie lächelte, Das ist das Lied meiner Jugend.

Ich begriff nicht warum, aber ich hasste es, sie glücklich zu sehen, ich hasste dieses Lächeln auf ihren Lippen, die plötzliche Nostalgie, die Zufriedenheit.

Diese Szene ereignete sich in meiner Kindheit in fast genau der gleichen Art vier- oder fünfmal.

Einmal, es war gegen ein Uhr morgens – ich schlief in dem Zimmer neben dem Wohnzimmer, wo sie mit meinem Vater und den Nachbarn feierte –, da ging das Lied, es weckte mich. Ich stand auf, die Augen nicht mal richtig offen, mit trockenem Mund, ich ging in das Zimmer, wo meine Mutter mit all den anderen war, ich sah die Seligkeit auf ihrem Gesicht und schrie, Macht das Lied aus!, und diesmal ignorierte sie mich nicht wie sonst. Ihr stiegen die Zornestränen in die Augen, sie machte die Musik aus und schrie, Verdammte Scheiße, lasst ihr mich denn niemals glücklich sein, wenigstens einmal in meinem Scheißleben!!!!!! Warum darf ich nicht auch mal glücklich sein?

Die Erwachsenen um uns herum verstummten. Nicht mal mein Vater wusste, was er tun sollte. Mich durchlief es eiskalt, aber ich entschuldigte mich nicht. Ich ging zurück in mein Zimmer und legte mich aufs Bett.

Ich war so daran gewöhnt, sie zu Hause unglücklich zu sehen, dass Glück auf ihrem Gesicht auf mich wie ein Skandal wirkte, ein Schwindel, eine Lüge, die es schnellstmöglich zu entlarven galt.

Ich war so daran gewöhnt, sie zu Hause unglücklich zu sehen, dass Glück auf ihrem Gesicht auf mich wie ein Skandal wirkte, ein Schwindel, eine Lüge, die es schnellstmöglich zu entlarven galt.

Von den Wänden hängende Tapeten, fettige Küchengerüche, auf dem PVC-Boden herumliegendes Spielzeug: das Leben im Wohnblock ihrer Schwester. Sie erzählte mir, eine Zigarette zwischen den Fingern, Natürlich liebte ich deinen Bruder und deine Schwester, ich werde sie immer lieben, aber zugegeben, in dieser Situation, nachdem ich meinen ersten Mann verlassen hatte und in der Wohnung meiner Schwester wohnte, da dachte ich, warum hab ich mir bloß zwei Kinder machen lassen? Ich schämte mich dafür, kannst du dir denken, aber ich dachte die ganze Zeit, warum hab ich mir bloß zwei Kinder machen lassen?

Nach nur wenigen Monaten, und sie lernte meinen Vater kennen. Die einzige Fluchtmöglichkeit bestand für sie darin, einen anderen Mann zu finden. Sie verliebte sich in ihn, sie zogen zusammen, sie kriegten ein Kind, mich, sie fühlte sich wohl mit ihm, denn er war *anders*, aber sehr schnell wurde er zu einem anderen – soll heißen, *so wie die anderen*.

Oft weigerte er sich, mit ihr zu reden, mehrere

Tage hintereinander, ohne jeden Grund. Wenn jemand versuchte, etwas zu sagen, schimpfte er herum.

Sie zuckte mit den Schultern, ihr Leben war ein einziges Schulterzucken geworden, Ich weiß auch nicht, warum dein Vater so launisch ist, bei ihm weißt du nie, woran du bist.

Sie war erst seit wenigen Jahren mit ihm zusammen, aber sie redete von ihrer Beziehung nur noch in der Vergangenheit, *Anfangs ist er mit mir sonntags ans Meer gefahren, wir sind durch Geschäfte gebummelt, er war nicht so wie jetzt. Er lud Freunde zum Tanzen ein. Er benutzte Parfum, und damals, weißt du, da war das anders als heute, Männer benutzten kein Parfum, das gehörte sich nicht. Dein Vater schon. Er schon. Er war anders. Er roch so gut.*

Er wollte nicht, dass sie sich schminkte, auch wenn sie es sich verzweifelt wünschte, er verlangte, dass sie für die ganze Familie kochte und den Haushalt machte, sie sollte den Führerschein nicht machen, und vor allem kam er spätabends oder nachts heim, nachdem er stundenlang verschwunden war, bis oben hin voll, Ich benutze das Wort nicht oft, aber ich glaube, jetzt muss ich es sagen, dein Vater ist ein Alkoholiker.

Eines Tages beim Dorffest, das der örtliche Fußballverein organisiert hatte, schrie mein Vater sie vor mehreren Dutzend versammelter Leute an, He, fette Kuh, komm mal her. Ich sah, wie sich die

Gesichter ringsum vor Lachen verzerrten. Sie sagte, ich solle mit ihr nach Hause gehen. Zu Hause setzte sie sich aufs Sofa und weinte. Ich war acht, ich sah sie zum ersten Mal weinen. Zwischen zwei Schluchzern sagte sie, Ich weiß auch nicht, warum dein Vater so gemein zu mir sein muss.

Sie war gedemütigt, aber sie hatte keine andere Wahl, oder sie dachte, sie hätte keine, die Grenze dazwischen ist schwer zu bestimmen, und sie blieb mehr als zwanzig Jahre bei ihm.

Sie hat ihre Träume nicht verwirklicht. Sie hat, was sie als Abfolge von Unfällen sah, aus denen ihr Leben bestand, nicht reparieren können. Sie hat nicht das Mittel gefunden, durch die Zeit zu reisen, um dann ihr eigenes Leben zu leben.

Bin ich Opfer einer Illusion? Sehe ich ihre Vergangenheit nur noch als eine Abfolge von Tragödien und Entbehrungen, weil wir uns beide von dieser Gewalt entfernt haben? Ich weiß auch, dass sie ihr Schicksal nie angenommen hat. Wenn sie von ihrer Ausbildung redete, die sie wegen der ersten Schwangerschaft abgebrochen hatte, sagte sie, wenn sie meinen Bruder nicht bekommen hätte, hätte sie richtig studieren können, Alle meine Lehrer sagten, ich sei sehr intelligent, vor allem in Erdkunde war ich gut. Wenn ich sie nach ihrer Familie und ihren Vorfahren fragte, behauptete sie immer, sie stamme von einer verarmten Familie des französischen Hochadels ab.

Sie war sich ganz sicher, dass sie ein anderes Leben verdiente, dass es dieses Leben irgendwo gab, abstrakt gesehen, in einer virtuellen Welt, so gut wie in Reichweite, und dass ihr Leben in der wirklichen Welt eigentlich wegen eines Versehens so aussah wie es war.

Eines Tages sagte ich vor der versammelten Familie, ich wolle, dass Mademoiselle Berthe, meine Geschichtslehrerin in der Mittelschule, meine Mutter würde. Ich war wohl elf Jahre alt. Mein Bruder saß essend neben mir, er schrak auf, So was darf man nicht sagen, das ist böse!

Bis zu diesem Auftritt hatte ich nicht gewusst, dass es böse war, sich eine andere Mutter zu wünschen.

Oft sagte sie, wenn sie sich eine Zigarette anzündete, Ich rauche wegen euch, mit dermaßen stressigen Kindern muss ich einfach rauchen.

Ein andermal ging sie am Schulhof vorbei, wo ich mit Cindy spielte, einem Mädchen aus dem Dorf. Cindy fragte mich, Ist das deine Mutter? Ich sagte nein, ich wisse nicht, wer diese Frau sei.

Sie lebte also mit diesem Mann, den sie schon nicht mehr besonders liebte, meinem Vater. Tagsüber arbeitete er in der Fabrik, abends kam er nach Hause, sie stellte das Essen auf den Tisch.

Als Zusammenfassung des Alltags seiner Mutter im Österreich der 1920er Jahre schreibt Peter Handke: »Auftischen, abräumen; ›Sind jetzt alle versorgt?‹; Vorhänge auf, Vorhänge zu; Licht an, Licht aus; ›Ihr sollt nicht immer im Bad das Licht brennen lassen!‹; zusammenfalten, auseinanderfalten; ausleeren, füllen; Stecker rein, Stecker raus. ›So, das war's für heute.‹«

Sie lebt Tausende Kilometer von Österreich entfernt, ihr Leben ereignet sich mehr als ein halbes Jahrhundert später, ihre materiellen Bedingungen sind andere, und doch ist ihr Leben genau gleich, bis hin zu den verwendeten Sätzen.

Wenn ich morgens nicht in der Schule war, sah ich, wie sie zum Einkaufen in den Laden ging, zurückkam, Mittagessen machte, es auf den Tisch brachte, abräumte, den Abwasch machte, das Haus putzte, die Wäsche zusammenlegte, die Betten der Kinder machte, nachmittags Abendessen machte, auf meinen Vater wartete, uns bediente, den Abendessenstisch abräumte, den abendlichen Abwasch machte.

Dieselben Wiederholungen, dieselben Bewegungen, dieser schematische Tagesablauf, so gut wie ohne Ausnahme jeden neuen Tag wieder vollführt, außer, wenn sie von meiner Schwester oder mir verlangte, dass wir ihr ein wenig beim Abwasch halfen.

Eine andere Frage: Kann ich ihr Leben verstehen, das doch spezifisch durch den Umstand geprägt ist, dass sie eine Frau ist?

Während ich doch von der Welt ringsum als Mann konstruiert, wahrgenommen und definiert werde?

Nach der Arbeit in der Fabrik ging mein Vater abends mit den Männern, die er seine *Kumpel* nannte, in die Kneipe. Oft brachten sie ihre Söhne mit, er mich aber nicht, weil er sich wegen mir und meines effeminierten Gebarens schämte, meines Verhaltens, das mich in der Schule von den anderen absonderte. Ich blieb zu Hause bei meiner Mutter und meiner großen Schwester, bei ihnen wuchs ich auf.

Was ist ein Mann? Männlichkeit, Macht, die Gemeinschaft mit anderen Jungen? All das hatte ich nicht. Dass man keinen sexuellen Aggressionen ausgesetzt ist? Vor denen war ich nicht geschützt.

Monique Wittig sagt, Lesben sind keine Frauen, sie werden von dieser ihnen aufgezwungenen Identität nicht erfasst. Ebenso ist die Person, die ich bin, nie ein Mann gewesen. Diese gestörte Realität lässt mich meiner Mutter besonders nahe sein. Vielleicht kann ich von dieser Ortlosigkeit meines Wesens aus versuchen zu verstehen, wer sie ist und was sie durchlebt hat.

Da ihr Leben zur Ereignislosigkeit verurteilt war, konnte es Ereignisse nur durch meinen Vater geben. Sie hatte keine Geschichte mehr; ihre Geschichte bestand zwangsläufig aus seiner, ausschließlich. Eines Morgens kam ein Anruf aus der Fabrik, ihm war etwas Schweres auf den Rücken gefallen. Die Ärzte teilten meiner Mutter mit, er werde für Jahre gelähmt sein. Er hatte kein Einkommen mehr außer verschiedenen staatlichen Entschädigungszahlungen. Gemeinsam mit ihm rutschte sie geradewegs aus der Armut ins Elend, und sie musste alte Menschen des Dorfes waschen und anziehen, um ein wenig Geld zu verdienen. Diese Tätigkeit laugte sie aus, sie hasste es.

Außerdem war mein Vater jetzt den ganzen Tag zu Hause, das nahm ihr die Luft zum Atmen, Wenigstens ist er vorher immer weg gewesen, und ich hatte das Haus für mich.

Mein Vater litt unter schweren Schmerzen, sie wollten nicht vergehen, und wie die meisten in einer solchen Situation wollte er, dass die anderen um ihn herum ebenfalls litten. Er wurde immer aggressiver meiner Mutter gegenüber, belegte sie in Anwesenheit anderer mit demütigenden Schimpfwörtern, »dumme Kuh«, »fettes Stück«, »Trampel«.

Um sich zu verteidigen, musste sie zu Ungerechtigkeiten greifen, Der sollte lieber den Arsch hochkriegen, sich eine Arbeit suchen. Der übertreibt ganz sicher mit seinen Schmerzen.

Sie erzählte mir Geschichten über Familienmitglieder oder Nachbarn, aber ich hörte nicht zu. Ich beschwerte mich, Red nicht immer so viel! Mir war nicht klar, dass sie nur redete, um die Langeweile zu vertreiben, das ewig gleiche Verstreichen der Stunden und der Tage, das ihr durch das Leben mit meinem Vater aufgezwungen war, und dass für sie – wie Jahre später auch für mich – das Reden über ihr Leben das beste Mittel war, um die Schwere ihres Daseins zu ertragen.

Sie war sich ganz sicher, dass sie ein anderes Leben verdiente, dass es dieses Leben irgendwo gab, abstrakt, in einer virtuellen Welt, so gut wie in Reichweite, und dass ihr Leben in der wirklichen Welt eigentlich wegen eines Versehens so aussah, wie es war.

Beharrliches Unglück: In all dem Elend und trotz der Spannungen mit meinem Vater wurde sie wieder schwanger. Niemand konnte das verstehen. Vor ein paar Monaten hatte sie sich eine Spirale einsetzen lassen, um weitere Schwangerschaften zu vermeiden. Im Krankenhaus wurde ihr gesagt, sie erwarte nicht ein Kind, sondern zwei, Zwillinge. Fassungslosigkeit. Sie kam aus der Sprechstunde zurück, sagte, sie würde abtreiben, Vater und sie könnten nicht noch zwei Kinder durchbringen. Da wurde er wütend, seltsam, dabei hatte ihn die Religion immer angewidert, dabei verband er Religion mit Macht, ebenso wie Schule mit Staat, er sagte zu ihr, Bist du wahnsinnig! Wir werden doch unsere Kinder nicht umbringen! Abtreibung ist Mord.

Sie verteidigte ihre Entscheidung, aber es war nichts zu machen. Er beschloss, sie folgte. Etliche Monate später war sie zur Entbindung im Krankenhaus. Es gab Komplikationen, sie musste länger bleiben als sonst. Ich begriff nicht, was für eine wirtschaftliche Katastrophe die Ankunft dieser beiden Kinder für sie bedeutete, auch die Tatsache, dass diese Kinder sie noch enger an meinen Vater fesselten und den Gedanken an Trennung so gut wie unmöglich werden ließen. Ich war klein, das Einzige, woran ich denken konnte, das einzige Gefühl, das mich wirklich erfüllte, war Freude darüber, dass sich hier am Stadtrand in der Nähe des Krankenhauses ein McDonald's befand und ich jeden Tag dort essen konnte, weil mein Vater mir voller Euphorie über den Familienzuwachs Geld zusteckte und innerhalb einer Woche die gesamte Unterstützung ausgab, die bis zum Monatsende hätte reichen sollen.

Einmal wollte sie trotz der Entbehrungen dazugehören – das war in dem Jahr, als ein Wanderzirkus für ein paar Tage Station in unserem Dorf machte; ich wollte unbedingt da hin, und, Überraschung, sie wollte mitkommen. Während der Vorstellung sagte ein Clown, für einen Zaubertrick brauche er einen Freiwilligen aus dem Publikum. Sämtliche Kinder im Zirkuszelt reckten die Hände, ich ebenso, so hoch, wie ich nur konnte, ich hatte Angst, es würde nicht genügen, also stand ich auf, ich reckte die Finger zum Zeltdach, ich sagte, Ich, Monsieur, bitte, ich, bitte, bitte, nehmen Sie mich, und er nahm mich. Von den Hunderten Kindern wählte er mich, Der Kleine da mit den blonden Haaren, wie heißt du?

EDDY!

Eddy wie?

EDDY BELLEGUEULE!

Haha, guter Witz.

Das antwortete er, er dachte, ich würde scherzen, indem ich mir den Namen »Schönmaul« gab.

Egal, ich nenne dich Mückenbein.

Ich lächelte, ich ging in die Mitte der Manege, und er vollführte seinen Zaubertrick – ich erinnere mich nicht mal daran, was für einen. Danach schickte er mich zurück, er fragte, mit wem ich da sei, meine Mutter meldete sich. Er rief in sein Mikro, Aaalso, Madame, hier schicke ich Ihnen Mückenbein zurück.

Auf dem Heimweg kicherte sie, sie schilderte immer wieder den Auftritt, Was haben wir gelacht!

Noch monatelang redeten wir über den Abend. Ein paar Minuten lang hatte sie Zugehörigkeit erlebt, an etwas Wirklichem teilgehabt, war aus der einzigen Rolle getreten, die das Leben mit meinem Vater ihr aufzwang, und dank dieser Freude war ich zum ersten Mal ihr Sohn.

Auch während der langen, vom Sozialamt gezahlten Ferien in den Bergen wurde sie von der Freude verwandelt. Sie lächelte, sie versuchte, zwischen uns eine Nähe herzustellen, die es so noch nie gegeben hatte, Los, wer als Erster bei dem Baum ist! Der Verlierer muss abends ein Eis ausgeben!

Sie bemerkte, Siehst du, wenn dein Vater nicht da ist, bin ich nicht so gestresst und viel netter, wegen ihm werde ich böse.

Aber weiter: die Ankunft der beiden neuen Kinder. In diesem Umfeld bedeutet ein Kind mehr ein deutlich komplizierteres Leben; zwei Kinder mehr sind eine Katastrophe. Jetzt waren wir zu Hause zu siebt, wir fünf Kinder und die Eltern.

In dieser Konstellation war es sogar ein Problem, genug zu essen zu kriegen. Einmal pro Woche rief meine Mutter aus der Küche, Zieh dir die Schuhe an, wir fahren nach Pont-Rémy! Ich wusste, was dieser Satz bedeutete. In dem Ort teilte ein gemeinnütziger Verein Essenspakete aus. Ich sollte meine Eltern begleiten, denn meine Mutter wusste, der Anblick eines Kindes würde das Mitleid der Frauen erregen, die die Nahrungsmittel verteilten, vielleicht legten sie ja eine Packung Nudeln oder eine Dose Kekse drauf.

Die Armut geht mit einem ganzen Katalog von Verhaltensweisen einher, den niemand verordnen muss, um ihn durchzusetzen. Kein Mensch hatte es mir gesagt, mir war selbst klar, dass ich niemandem im Dorf von diesen Ausflügen erzählen durfte. Nicht mal mit meinen Eltern sprach ich darüber, wir fuhren hin, nahmen die Pakete, fuhren wieder zurück, ohne je ein Wort darüber zu verlieren, als ob es das nie gegeben hätte.

In der neuen Situation nahm die Aggressivität meines Vaters nie gekannte Ausmaße an. Meine Eltern stammten aus verschiedenen Formen der Armut. In der Familie meiner Mutter waren alle Fabrikarbeiter, ihr Stiefvater, ihr Bruder, ihre Schwester. Seine Familie war sehr viel ärmer: Alkoholismus, Geistesschwäche, Gefängnis, Arbeitslosigkeit. Wegen dieses Unterschieds meinte mein Vater, die Ankunft der Zwillinge müsse die Verwandten meiner Mutter dazu bringen, uns Geld zu geben. Sie taten es nicht, mein Vater war wütend darüber, und manchmal hielt er meine Mutter davon ab, sie zu besuchen. Sie hatte keinen Führerschein, und er weigerte sich, sie in das Dorf zu fahren, wo die Verwandtschaft lebte.

Wenn er zu viel getrunken hatte, Deine Familie, das sind alles Drecksjuden, die verdienen eine ordentliche Portion Gas.

Meine Mutter, Das ist wirklich fies, man kann doch niemanden daran hindern, seine Familie zu besuchen. Warum lässt er mich meine Mutter nicht sehen?

Nicht nur war sie Mutter von fünf Kindern, ohne Geld, ohne jegliche Perspektive, sondern sie war auch im häuslichen Rahmen gefangen. Alle Türen verrammelt.

Was sollte sie machen? Sie tat, was sie konnte, um nicht völlig zu ersticken:

Manchmal lächelte sie, wenn sie meinen kleinen Bruder und meine kleine Schwester sah, Meine Kinder sind so schön, es hat mir im Herzen weh getan, als ich beschlossen habe, sie zu behalten, aber das tut mir jetzt nicht mehr leid. Sie sind so schön.

Sie machte sich über die körperliche Erscheinung anderer Frauen lustig, Die? Die ist gebaut wie eine Kathedrale, Stampfer wie Kirchtürme.

Sie liebte feststehende Wendungen, dank derer man mit wenig Worten viel sagen konnte, Geld hab ich keins, aber reich bin ich doch – an Sorgen! Arm, aber sauber! Nur keine schlafenden Hunde wecken! Der Kater lässt das Mausen nicht.

Aber auch in solchen Momenten sah ich es, die Melancholie wich nie aus deinem Gesicht.

II

Ist das etwas, woran du oft denkst? Irgendwann dachtest du, die Freundschaft könnte dich aus diesem Leben befreien – das war 2006, du warst mit meinem Vater auf der Dorfkirmes, ihr unterhieltet euch mit Angélique. Die Frage ist nicht, ob ihr Angélique kanntet oder nicht, es geht um etwas anderes. Sie war für das regionale Stromnetz verantwortlich. Sie saß in einem Büro, sie hatte zwei oder drei Jahre lang die Universität besucht, das genügte, um zwischen ihr und einer Familie wie unserer Abgründe klaffen zu lassen; mit Leuten wie uns war sie nicht befreundet, eher mit Lehrkräften, mittleren Fabrikangestellten, Mitarbeitern im Rathaus, all jenen, die wir jeden Tag auf der Straße sahen und vielleicht grüßen konnten, mit denen wir aber nie redeten, eine andere Kast – alle Welt weiß, anders, als man denken könnte, gilt, je größer die räumliche Nähe, wie auf dem Land, desto starrer die sozialen Grenzen.

Mein Vater sprach sie an – er hatte gesehen, dass sie einige Meter von unserer Gruppe entfernt stand, nicht nur allein, sondern sie weinte. Oft gingt ihr früh von der Kirmes nach Hause, aber an dem Abend bliebt ihr länger als sonst, der Dorfplatz war schon leer, als mein Vater auf Angélique zuging und sie fragte, was denn los sei, ob sie bei uns zu Hause noch ein Glas trinken wolle, er wollte sie trösten – außerdem gefiel sie ihm wohl, ich glaube, all die Jahre lang war er ein klein wenig in sie verliebt gewesen, ohne es sich einzugestehen, aber egal, er war immer rasch bereit, anderen zu helfen, das stimmt schon, du beklagtest dich darüber, sagtest immer zu mir, du könnest nicht verstehen, warum mein Vater in der eigenen Familie so gemein sei und so freundlich und sogar großzügig zu anderen, unbekannten Leuten, immer hilfsbereit, bereit, anzupacken, *auszuhelfen*, wie er es sagte, ich glaube, das liegt daran, dass auch er im häuslichen Dasein erstickte und seine Familie dafür zahlen lassen wollte, dass sie seine Familie war, die Gesichter seines Unglücks, aber das ist hier nicht das Thema. Angélique nickte wortlos, ich sah die Tränen auf ihren Wangen, zwei glitzernde, fast parallele Linien. Mein Vater legte ihr die Hand auf die Schulter, und sie kam mit nach Hause. Als sie auf dem Sofa saß, erzählte sie euch, was bei ihr los war, ich erinnere mich an ihre Sätze, wie und warum der Mann, den sie liebte, sie verlassen hatte, wie sehr sie Angst hatte, in ihrem Alter allein und ohne Kinder zu bleiben. All das erzählte sie von Schluchzern und tiefen Atemzügen durchsetzt.

Mein Vater nahm sie in die Arme, und du sprachst mit ihr, mit Angélique. Du sagtest Sätze, wie man sie in solchen Situationen eben sagt, alles wird gut, bald hat sie es vergessen, auf die Männer darf man sich eben nicht verlassen. Ich schaute euch vom anderen Ende des Sofas aus zu, ich weiß nicht, wie ich meinen Gefühlszustand beschreiben soll, diese Faszination, aber auch Beklommenheit, jemanden aus anderen sozialen Verhältnissen bei uns im Hause zu haben, wie wenn abends der Arzt kam und unsere Körper sich allein durch seine Anwesenheit anders anfühlten, wir uns anders hielten, anders sprachen, Angst vor einer Regung hatten, die unsere soziale Unterlegenheit verraten könnte.

Angélique kam am nächsten Tag wieder zu uns, und tags darauf abermals. Sie kam euch näher, und du spürtest sofort, dass sie dich in ein anderes Leben, zu anderen Gewohnheiten, einer anderen Welt führen könnte, zu einer freieren, angenehmeren Lebensart. Sofort warst du etwas glücklicher – oder irre ich mich? Je häufiger sie kam, desto mehr übernahmst du von ihr, sie machte Friseurtermine für dich, nachdem du dir jahrelang die Haare selber mit der Küchenschere geschnitten hattest, sie brachte dir Wendungen bei, die dir mehr Selbstvertrauen gaben, jetzt sagtest du »durchaus«, wenn jemand etwas erzählt, weißt du noch? Dank ihr entdeckten wir Lebensmittel, die wir nicht kannten, Tarama, Hummus; wenn wir so was kauften und aßen, fühlten wir uns verwandelt und verbessert.

Dein ganzer Körper veränderte sich. Die Traurigkeit verschwand aus dir.

Warst du dir dieses sozialen Wunders bewusst, das sich da ereignete? Dieser plötzlichen Möglichkeit, aus dir selbst herauszutreten? Ich denke schon. Dank Angélique fühltest du dich meinem Vater gegenüber stärker, du hattest eine Verbündete; beim Wäsche-Aufhängen, wenn ich dir den Klammereimer hinhielt, flüstertest du mir zu, *Also ich denke ja, manchmal muss Angélique deinen Vater überhaben, der weiß ja nicht mal, wie man redet und sich benimmt.*

Ich kann nicht alles auflisten, was durch sie geschah, von ihr bewirkt wurde, ihr gingt zusammen in den Supermarkt, Unterwäsche kaufen, ihr fuhrt zum Meer, *nur wir Mädels*, so sagtest du das. (Anfangs wollte ich deine Geschichte als die Geschichte einer Frau schreiben, aber mir wird klar, deine Geschichte ist die eines Wesens, das um das Recht kämpfte, eine Frau zu sein, gegen die Nichtexistenz, die dein Leben und das Zusammenleben mit meinem Vater dir aufzwangen.)

Während der zwei oder drei Jahre, die diese Freundschaft anhielt, legten sich Angéliques Depressionen nie ganz; immer noch weinte sie häufig, und sie verliebte sich leicht. Als ein Jugendfreund meines Vaters, den er seit fünfzehn Jahren nicht gesehen hatte – er hatte als Berufssoldat in einer Kaserne in Südfrankreich gelebt –, wieder ins Dorf kam und mit uns zu Abend aß, tat sie alles, um ihn zu bezirzen. Sie kaufte neue Kleider, schminkte sich, ließ sich in der Ladengalerie des Einkaufsmarkts, wo wir immer samstags hingingen, die Fingernägel machen. Als die Geschichte mit diesem Mann scheiterte, verliebte sie sich in meinen großen Bruder. Er schlug sie, nachmittags entdeckten wir blaue Flecken unter ihren Augen, aber sie hielt unverrückbar an ihm fest.

Und du verbrachtest immer noch ganze Tage oder Wochenenden mit ihr, lachtest mit ihr, wurdest ihr ähnlicher.

Aber irgendwann war das alles vorbei. Angélique lernte einen Mann kennen, sie liebte ihn, und er wollte, dass sie zusammen ein Kind bekämen. Die Melancholie versiegte, die ihren Körper seit eurer Begegnung bei der Kirmes nie verlassen hatte, allmählich entfernte sie sich von unserer Familie. Sie kam immer seltener zu uns, der Abstand zwischen ihren Nachrichten wurde größer, sie ging nicht mehr mit dir aus. Anfangs konntest du das nicht verstehen. Du sagtest, seltsam, das müsse an der Arbeit liegen, kein Grund zur Sorge. Und dann warst du gezwungen zu erkennen, dass sie überhaupt nicht mehr zu uns kam, dir gar nicht mehr antwortete. Einige Zeit nach ihrem Verstummen bist du ihr auf dem Rückweg vom Bäcker auf der Straße begegnet, sie grüßte dich nicht mal. Du seufztest, mit niedergeschlagenen Augen, erstarrtem Gesicht, Sie hat mich nicht mal gegrüßt. Ich verstehe nicht warum, wir sind doch Freundinnen gewesen, oder?

Du hast sie trotzdem ein letztes Mal angerufen, du hast es versucht, aber als sie endlich abnahm, sagte sie, du sollest sie in Ruhe lassen, Lass mich in Ruhe, Monique.

Sie hatte eure Beziehung beendet.

Habe ich dir das eigentlich erzählt? Ich bin zu ihr gegangen, zu ihr nach Hause. Mir fehlte sie ja auch.

Als sie die Tür aufmachte, spürte ich, wie meine Augen feucht wurden, und ich fragte sie, warum sie verschwunden war. Sie erklärte mir, sie ertrage unsere Familie nicht mehr, die Tischsitten, die Art, wie mein Vater mit dir umsprang, der unablässig laufende Fernseher, ein Albtraum, das alles ertrage sie nicht mehr. Die Depression habe ihre Wahrnehmung der Welt verändert, sie habe sich bei uns aufgenommen gefühlt, aber jetzt sei sie verliebt und, so sagte sie zu mir, glücklich, jetzt sei ihr alles unerträglich, was sie zuvor einfach hingenommen hatte.

Als ob im Grunde der Liebeskummer, ein psychologischer Faktor, die sonst gültigen gesellschaftlichen Gesetze außer Kraft gesetzt hätte – die Tatsache, dass die Angehörigen einer gesellschaftlichen Schicht stets nur Kontakt mit ebendieser Schicht haben, dass zwischen den Klassen so gut wie kein Austausch möglich ist.

Das war jetzt vorbei. Wenn du über sie sprachst, zucktest du mit den Schultern, Wir waren ihr eben nicht gut genug.

Du fühltest dich verlassen,

du warst es,

du warst allein.

III

Kürzlich hast du mich angerufen. Du hast gefragt, ob es mir gut geht, und nach ein paar Sätzen über meinen kleinen Bruder und das Wetter, banale Dinge, sagtest du, du müsstest Geld verdienen, für dich, für das alltägliche Leben und zum Ausgehen – mir war nicht klar, was du damit meintest, Ausgehen. Nach ein paar Sekunden hast du tief eingeatmet und weitergeredet, Darum bräuchte ich eine Arbeit. Und ich hab gedacht, ich könnte dir den Haushalt machen. Ich würde natürlich nur kommen, wenn du nicht da bist, ich will nicht stören. Ich mache sauber, du lässt das Geld auf dem Tisch liegen, dann gehe ich wieder.

Ich zwang mich zu antworten, obwohl ich so überrascht war. Was sollte ich sagen? Ich versuchte es dennoch, ich sagte, das sei nicht möglich. Ich könne dir etwas Geld geben, wenn du es brauchtest, aber du bliebst dabei, Nein, nein, ich will keine Almosen. Was ich brauche, ist eine Arbeit. Falls du was weißt.

Wenn ich in meiner Kindheit bei dir, im Dorf, privilegierte Leute sah, den Bürgermeister, die kleinen Herrschaften, Inhaber von Apotheke oder Geschäften, dann hasste ich sie meist, denn ich sah in ihnen all die Privilegien, die mir verwehrt blieben.

Ich hasste ihre Körper, ihre Freiheit, ihr Geld, die Selbstverständlichkeit, mit der sie sich bewegten.

Dass du mich neulich gefragt hast, ob du bei mir putzen darfst, bedeutet das, dass ich jetzt auch zu diesem Körper gehöre?

Bin ich der Körper geworden, den ich hasste?

Die Geschichte unserer Beziehung begann am Tag unserer Trennung. Als hätten wir, du und ich, die Zeit umgedreht, als hätte die Trennung vor unserer Beziehung gelegen, als hätte die Trennung ein Fundament für uns geschaffen.

Es kippte während meines ersten Jahres auf dem Gymnasium. Ich bekam als Erster unserer Familie eine höhere Schulbildung. In der Stadt, im Gymnasium, wurde ich brutal mit einer mir unbekannten Welt konfrontiert. Die jungen Leute, die ich kennenlernte und die meine Freunde wurden, lasen Bücher, sie gingen ins Theater, manchmal sogar in die Oper. Sie machten Reisen. Sie hatten eine Art und Weise, zu sprechen, sich anzuziehen, zu denken, die absolut nichts mit dem zu tun hatte, was ich bei dir kennengelernt hatte. Ich trat in das Universum jener ein, die du immer die *besseren Leute* genannt hattest, und sofort wollte ich sein wie sie.

Die ersten Male, wenn ich wieder ins Dorf kam, wollte ich dir meine neue Zugehörigkeit vorführen – mit anderen Worten, den wachsenden Abstand zwischen meinem Leben und deinem. Vor allem über die Sprache wollte ich diese Ungleichheit markieren. Auf dem Gymnasium lernte ich neue Wörter, sie wurden zu Symbolen meines neuen Lebens, eigentlich unwesentliche Wörter, *bukolisch, langwierig, dialektisch, unterschwellig*. Wörter, die ich nie zuvor gehört hatte. Ich verwendete sie dir gegenüber, und du regtest dich auf, Jetzt red doch nicht wie so ein Minister! Du sagtest, Seit der da auf dem Gymnasium ist, denkt er, er ist was Besseres.

(Und du hattest recht. Ich verwendete diese Wörter, weil ich mich für etwas Besseres hielt. Das tut mir leid.)

Auf einmal artete alles zwischen uns in Konflikte aus. Wenn du mit dem Finger auf etwas zeigtest und sagtest, Kuck, statt Schau mal, wie wir es seit jeher taten, wie ich selbst es mein Leben lang getan hatte, wies ich dich zurecht, Es heißt schau mal, nicht kuck. Wenn du einen Satz sagtest wie, Weil ich hab das und das gemacht, korrigierte ich, Das heißt, weil ich das und das gemacht habe!

Ich formulierte Sätze, die dir exotisch erscheinen mussten, die ich direkt aus der Welt importiert hatte, in der ich mich jetzt bewegte: *Es wäre demnächst Zeit für eine Tasse Tee, weißt du, wo ich meine Zeitung abgelegt habe?* Ich erteilte dir Ratschläge: *Lass doch meine Geschwister mal klassische Musik hören, Mozart oder Beethoven. Weißt du, das ist gut für das Gehirn.* Du zogst die Augenbrauen hoch, Jetzt dreht der da völlig durch. Ich hab fünf Kinder großgezogen, und jetzt kommt der an und will mir erzählen, wie man das macht.

(Oft gab es dich gar nicht mehr, du warst aus meiner Erinnerung verschwunden. Ich führte mein Leben im Gymnasium, als hätte ich dich nie gekannt.)

In Schilderungen des Übergangs aus einer gesellschaftlichen Klasse in eine andere geht es meist um die Gewalt, die die Betreffenden dabei erlebt haben – wegen Unangepasstheit, Unkenntnis der Codes der Welt, in die sie eintraten. Ich erinnere mich vor allem an die Gewalt, die ich selbst ausübte. Ich wollte mein neues Leben als Rache für meine Kindheit verwenden, für all die vielen Male, da ihr beide, mein

Vater und du, mir klargemacht hattet, dass ich nicht der Sohn war, den ihr euch gewünscht hattet.

Ich wurde zum Klassenflüchtling aus Rache, und diese Gewalt gesellte sich zu all den Gewalterfahrungen, die du bereits hattest machen müssen.

Als sie dann für verschiedene Unterschriften ins Gymnasium bestellt wurde – ich habe es schon gesagt, auf der Mittelschule war es mir immer gelungen, dass sie mich nicht begleitete, denn ich hatte Angst, sie könnte mich kennenlernen, Angst schon vor der geringsten Annäherung zwischen uns beiden. Ins Gymnasium sollte sie auch nicht kommen, aber aus einem anderen Grund, ich verspürte ein neues Gefühl, und dieses Gefühl ließ mich Strategien entwickeln, um sie fernzuhalten. Die anderen sollten sie nicht sehen, sollten nicht durch sie jemand anderen in mir sehen, meine Vergangenheit, die Armut. Die anderen sollten nicht sehen, dass meine Mutter anders war als ihre Mütter, dass meine Mutter keine Ausbildung hatte, dass sie nicht gereist war, dass sie weniger gepflegte Kleidung trug, dass sie nicht so schlank, weltgewandt und freundlich war wie ihre Mütter. Es war mir gelungen, ihre Existenz zu verbergen, aber eines Tages sagte man mir, jetzt sei es unabdingbar, dass sie komme.

Ich ging zu ihr in die Küche, sie saß vor einem Kreuzworträtsel, und sagte, wir müssten zusammen mit dem Zug zum Gymnasium fahren. Erst sagte sie wie immer, das gehe nicht, sie habe zu viel im Haushalt zu tun, aber weil ich nicht locker ließ, gab sie nach.

Ein paar Tage später saß ich mit ihr in der Regionalbahn mit den grau-blau-gestreiften Sitzen nach Amiens, wo sich das Gymnasium befand. Es ist idiotisch, aber ich hatte richtige Angst, Bekannte könnten uns sehen, Bekannte aus meiner neuen Welt.

Zweihundert oder dreihundert Meter von dem Ort entfernt, wo sie zum Unterzeichnen der Papiere erwartet wurde, sagte ich zu ihr, Hör zu, bitte pass auf, dass du dir beim Reden nicht in der Nase bohrst, und rede ordentlich, sonst ist mir das peinlich, die anderen Mütter reden ordentlich.

Sie blieb auf dem Bürgersteig stehen und schaute mich an, Du bist wirklich ein kleiner Dreckskerl. Auf ihrem Gesicht sah ich Abscheu.

Den ganzen Tag über ging sie wortlos neben mir her.

Im Zug zurück hielt ich einen Meter Abstand zu ihr, fühlte mich aber, als wäre ich Hunderte Kilometer von ihrem Körper entfernt. Sie blickte durch das Fenster auf die vorüberziehenden Felder und

Wälder. Irgendwann fragte sie mich, Und, ich hoffe, ich hab dir nicht zu viel Schande gemacht?

In meiner Kindheit schämten wir uns zusammen – unseres Hauses, unserer Armut. Jetzt schämte ich mich deiner, gegen dich.

Unsere jeweilige Art, uns zu schämen, trennte uns jetzt.

*

Das Leben ging weiter, und ihr Leben ähnelte weiterhin einem Kampf *gegen* das Leben. Meine jüngeren Geschwister waren vierzehn Jahre alt und verabschiedeten sich bereits jetzt allmählich aus dem Schulsystem, sie schwänzten, in allen Fächern ging es mit ihren Noten bergab. Meine Mutter wusste, ohne Schulabschluss würden ihrer beider Leben nicht anders ablaufen als ihres, das brachte sie zur Verzweiflung, »Egal, wie ich sie antreibe und sage, sie müssen zur Schule gehen, sie wollen nicht. Gestern hab ich sie gefragt, Wollt ihr euer ganzes Leben jede Münze zweimal umdrehen müssen wie ich? Aber wenn ich so was sag, regen sie sich nur auf. Was soll ich machen?«

Mein jüngerer Bruder geriet immer mehr in eine für heute typische Lebensweise, sie hatte weder Worte dafür noch ein Mittel dagegen. Wenn er morgens gegen zehn Uhr aufwachte, schaltete er als Erstes seine Spielkonsole an. Dann spielte er bis Mitternacht. Nur ein einziges Mal am Tag ging er runter in die Küche, um etwas zu essen zu holen. Er aß nicht mit der übrigen Familie, er nahm den Teller mit in sein Zimmer. Er wurde immer dicker, er hatte keine Freunde, sein Gesicht wurde immer grauer und ausdrucksloser.

Mein älterer Bruder ging im Alkohol unter. Er schlug die Frau, mit der er lebte, so, wie er Angélique geschlagen hatte, sie rief meine Mutter mitten in der Nacht an und drohte, ihn das nächste Mal anzuzeigen.

Wenn meine Mutter mit mir darüber redete, klammerte sie sich mit aller Kraft an die Leugnung des Offensichtlichen, Gestern hab ich deinen großen Bruder gesehen, ich glaube, alles wird gut, er hat es mir versprochen, er hört auf zu trinken. Aber natürlich machte er weiter, er trank, er wurde gewalttätig, und auch sie machte weiter, sie belog sich selbst, es war ein Teufelskreis, Ich weiß ja, er hat es übertrieben, aber das war das letzte Mal, jetzt reicht es, er hat es begriffen, es ist ihm eine Lehre, er hört auf zu trinken. Ich habe ihn besucht, wir haben uns ausgesprochen, und er hat mir geschworen, er rührt keinen Tropfen mehr an.

Sie leugnete die Realitäten beharrlich, dabei konnte ich deutlich verfolgen, dass sie im Schicksal ihrer Kinder die infernalische Wiederholung der

Mechanismen erkannte, die ihr eigenes Leben kaputtgemacht hatten, es war wie das Verhängnis eines unmöglich zu durchbrechenden Fluches.

Manchmal lachte sie, Monica Bellucci, das ist Monique Bellegueule auf Italienisch. Monique Bellegueule, Monica Bellucci. Ich bin die französische Monica Bellucci. Und sie warf die Haare nach hinten wie ein Filmstar.

Zu ihrer angeblich aristokratischen Herkunft erklärte sie, Mein Urgroßvater war ein Adliger, aber dann hat er sich in eine Fischhändlerin verliebt, und darum hat seine Familie ihn enterbt. Er hat sich für die Liebe entschieden statt fürs Geld. Normalerweise würde ich dem Hochadel angehören, ich habe blaues Blut. Ist doch idiotisch.

Als ich ihr mitteilte, dass ich homosexuell bin, antwortete sie besorgt, Dann hoffe ich, dass du im Bett wenigstens nicht die Frau machst!

Heute muss ich über diese Anekdote lachen.

Der Tag, als es passierte – ich war sechzehn, ich versuchte, während des Schuljahres möglichst selten zu meinem Vater und dir nach Hause zu kommen, ich schlief bei meinen Freunden in Amiens, aber im Sommer kam ich für vier Wochen, manchmal länger zurück, um als Betreuer der Kinder im Freizeitzentrum des Dorfes zu arbeiten.

An dem Tag, es war gegen zehn Uhr morgens, dachte ich gerade mit ein paar Mädchen Choreographien aus, da durchfuhr mich plötzlich ein heftiger Schmerz im Unterbauch. Ein kleines Mädchen kam zu mir und nahm mich in die Arme, aber allein schon ihre Hände taten mir weh, ich konnte nicht mehr; ich ließ mich keuchend auf dem Boden nieder. Der Schmerz war unvermittelt aufgetreten, hatte sich durch kein Vorzeichen angekündigt. Die Leiterin des Freizeitzentrums kniete sich neben mich, sie sagte, ich solle nach Hause gehen und den Arzt holen – vielleicht bot sie auch an, selbst einen zu rufen, und ich wollte es nicht, ich weiß nicht mehr.

Ich ging die drei-, vierhundert Meter zu unserem Haus; die Schmerzen nahmen zu; als ich zu Hause auf dem Sofa lag, stellte ich fest, dass meine Haare nass waren, auch mein Rücken, ich schwitzte.

Du schautest im selben Zimmer fern. Außer mir warst nur du im Haus, ich sagte, es gehe mir schlecht. Ich bat dich, den Notarzt oder eine Ambulanz zu rufen, aber das wolltest du nicht. Du zogst an deiner Zigarette und sagtest, es werde schon nicht so schlimm sein.

Ich erkannte, was hier passierte. In deinen Augen

übertrieb ich die Schmerzen, denn ich benahm mich wie die Leute aus der Stadt, denen ich nacheiferte, seit ich in Amiens aufs Gymnasium ging, den Privilegierten. In unserer Welt wurden Medizinisches und Arztbesuche als eine Marotte der besseren Leute angesehen, mit der sie sich wichtig tun wollten, indem sie übergenau und extrem auf sich achteten. Im Grunde glaube ich, war für dich diese Situation eine Verlängerung der vielen anderen Situationen seit Beginn unserer Entfremdung, eine Art, mit der ich den Klassenunterschied betonte und dich angriff. (Und wie könnte ich dir das vorwerfen, denn es stimmt ja, ich führte Krieg gegen dich).

Aber der Schmerz legte sich nicht; am Ende stand ich vom Sofa auf und sagte, jetzt müsse ich zum Arzt. Ich ging zur Tür und öffnete sie, du hast mich gehen lassen, ohne ein Wort, immer noch die Zigarette zwischen den Fingern. Der Arzt hörte mich ab und sagte, mein Blinddarm stehe kurz vor dem Platzen.

Ich musste zwei Wochen im Krankenhaus bleiben, der Blinddarm hatte sich entzündet, die Entzündung hatte sich im Körper ausgebreitet. Die Krankenschwestern haben gesagt, Ein paar Stunden später, und Sie hätten sterben können.

Die soziale Distanz hatte unsere Beziehung komplett kontaminiert, du sahst mich nur noch als das Werkzeug einer aggressiven Klasse, und das hätte mich beinahe umgebracht.

Dennoch vergrößerte sich die Distanz immer mehr, als wäre der Konflikt unausweichlich. Nach dem Gymnasium immatrikulierte ich mich an der Universität derselben Stadt, Amiens, und unser gegenseitiges Unverständnis erreichte neue, nie gekannte Ausmaße.

Manche Trennungen sind viel brutaler als ein klarer Bruch. Wir stritten nicht mehr als sonst, sie und ich, es gab kein Geschrei, kein Türenschlagen, wir hatten uns ganz einfach nichts mehr zu sagen. In den wenigen Telefonaten schloss ich aus dem, was ich hörte, dass ihr Leben endgültig erstarrt war. Das Hin und Her zum und vom Lebensmittelladen des Dorfs, die Zubereitung der Mahlzeiten, dass ihre Kinder ihr eigenes Leben nachlebten, die Ödnis des Landlebens, die Gemeinheiten meines Vaters ihr gegenüber. Sie war erst um die vierzig, aber es sollte nichts Neues mehr kommen. Und genau in dem Moment, als ich innerlich diesen Gedanken formulierte, änderte sich alles.

IV

Eines Abends in dem Jahr, nachdem ich fast gestorben wäre, kam wieder ein Anruf. Ihre Stimme hallte in der mich umgebenden Dunkelheit wieder, Es ist passiert. Ich hab es getan. Ich hatte auf dem Sofa gelegen und gelesen, es überraschte mich, ihre Nummer auf dem Display zu sehen. Sie redete schnell, atemlos, aufgeregt wie ein Teenager. Sie war meine Mutter, aber plötzlich wirkte sie jünger als ich.

Mir war sofort klar, worum es ging, und ich antwortete, ebenso aufgeregt, Erzähl! Wie ist es passiert? Sie holte Luft, Er ist nicht nach Hause gekommen, wie immer, du kennst das ja. Gut. Er war seit wer weiß wann weg, ich hatte Abendessen gemacht, ich wartete. Aber irgendwann hab ich zu mir gesagt, Schluss aus. Ich warte nicht mehr. Nie wieder. Ich hab die Warterei satt.

(Ich war stolz auf dich. Habe ich dir das auch gesagt?)

Da hab ich seine ganzen Sachen in Müllsäcke gestopft und vor die Haustüre geschmissen. Einfach so. Ich hab nicht aufhören können. Als er zurückgekommen ist, hat er aufmachen wollen, aber ich hatte alles abgesperrt. Er hat gegen die Hauswände geschlagen, gegen die Fenster, hat rumgeschrien. Ich kenne ihn, ich bin sicher, er hat genau gewusst, was Sache war. Ich hab durch die Tür zu ihm gesagt, er soll sich nie wieder blicken lassen. Er hat gefragt, Nie wieder? Und ich habe noch mal gesagt, Nie wieder. Er hat geweint, aber ich hab zu mir gesagt, Du gibst nicht nach. Du gibst nicht nach. Schluss mit Nachgeben.

Sie redete, als würde sie mir von einem Ausbruch aus dem Gefängnis oder einem Einbruch berichten, den wir zusammen ausgeheckt hätten, geduldig, im Geheimen, monate- und jahrelang.

Seit ich nicht mehr bei ihr lebte, sah ich in ihrem Leben nur noch die Gewalt. In meiner neuen Welt wurden die Frauen nicht so behandelt wie meine Mutter oder überhaupt seit jeher die Frauen des Dorfes. In Amiens habe ich nie gesehen, wie ein Mann seine Frau in Gegenwart anderer beleidigt, habe nie diese geschwollenen Gesichter gesehen wie das meiner Schwester nach den Auseinandersetzungen mit dem Mann, der bei ihr lebte, oder wie Angéliques Gesicht nach ihren Auseinandersetzungen mit meinem Bruder. Im Gymnasium, auf der Universität kannte ich niemanden, der wie ich hätte sagen können: Meine Schwester wird von ihrem Freund geschlagen, und mein Bruder prügelt die Frau, mit der er zusammenlebt.

(Natürlich gab es auch Gewalt im Leben der Frauen von Amiens, aber nicht in derselben Weise, und wenn ja, dann nicht ebenso systematisch.)

Es war, als sähe ich jetzt im Kontakt mit den Körpern aus der bürgerlichen Gesellschaft von Amiens die Welt meiner Kindheit rückwirkend, *a posteriori*, durch den Spalt hindurch, der zwischen beiden Welten klafft. Ich hatte gelernt, die Gewalt zu *sehen* dank der Entfernung zu ihr, und ich sah sie überall.

Ich war der Meinung, sie müsse sich beeilen. Wenn ich mit ihr sprach, die wenigen Male seit meinem Weggang aus dem Dorf, ermutigte ich sie, meinen Vater zu verlassen. Ich sagte, sie dürfe sich ihr Leben nicht durch einen Mann verpfuschen lassen, der sie unglücklich mache und sie immer nur demütige. Sie antwortete, Ich mach das schon noch, ich will es machen, aber im Moment kann ich noch nicht, es ist zu schwierig wegen deiner Geschwister. *(Mir war nicht klar, dass es stimmte, ich erkannte die Schwierigkeiten nicht, die du hattest.)* Ich beharrte darauf, ich sagte immer wieder, sie solle nicht länger warten, es sei dringend, es gehe um ihre Freiheit, sie könne sich auch dann noch um meine Geschwister kümmern, und sie antwortete, Ja, bald, du wirst schon sehen, bald.

An dem Abend, an dem sie es dann endlich tat und mich anrief, beendete sie ihren Bericht wie im Triumph, fast angeberisch, Da, siehst du, ich hab ja gesagt, ich mache es. Ich hab mich schon von meinem ersten Mann getrennt, ich hab das noch mal tun können. Ich hab gewusst, ich kann das noch mal tun.

Die Distanz hatte uns einander näher gebracht.

Seltsam, wir haben beide unser Leben auf der Verliererseite der Geschichte begonnen, sie als Frau, ich als das abtrünnige, monströse Kind. Aber wie auf beiden Seiten einer mathematischen Gleichung, wie eine vollkommen symmetrische Kehrtwende der Dinge, wurden die Verlierer der Welt, die wir miteinander teilten, zu Gewinnern und umgekehrt, wurden die Gewinner zu Verlierern. Nach der Trennung ging es mit der Gesundheit meines Vaters bergab. Auf einmal war er isoliert, noch ärmer als während seines Lebens mit ihr. Bis dahin hatte er alle Macht über uns innegehabt, jetzt war ihm alle Macht genommen, das Unglück verschwand nie wieder aus seinem Gesicht. Alles, was seine Stärke ausgemacht hatte, verwandelte sich in Schwäche. Der ein Leben lang getrunkene Alkohol hatte seinen Körper zermürbt, seine lebenslange Weigerung, sich um sich selbst zu kümmern – er sagte immer, Arzneimittel seien Weiberkram –, hatte seine Organe geschwächt, die jahrelange Arbeit in der Fabrik und dann als Straßenkehrer – er sagte, der Mann müsse das Geld nach Hause bringen – hatte seinen Rücken ruiniert.

Meine Mutter rief mich jetzt mehrmals im Monat an. Sie sagte, Wenn du sehen könntest, wie frei ich jetzt bin! Du würdest mich nicht wiedererkennen.

Damals, als dieser bunte Brief in der Post war – ich war zwölf Jahre alt. Im Umschlag steckte ein Brief, persönlich an sie gerichtet, mit ihrem Vornamen: LIEBE MONIQUE, SIE SIND AUSGEWÄHLT WORDEN, UM AN EINER EXKLUSIVEN VERLOSUNG TEILZUNEHMEN. REAGIEREN SIE AUF DIESEN BRIEF, VIELLEICHT SIND SIE DIE GLÜCKLICHE GEWINNERIN DES SAGENHAFTEN HAUPTGEWINNS, 100.000 EURO. Mit aufgerissenen Augen schauten wir einander an. Sie schob ihre Lippen vor und sagte zu mir, Wirkt echt, oder? Wenn das Betrug wär, würden sie nicht meinen Vornamen benutzen. Woher sollen sie den kennen. Ich sagte, ich sähe das auch so, was sie da sagte, würde mich überzeugen, sie solle antworten. Während sie neben mir das Formular ausfüllte, konnte ich spüren, wie das Adrenalin in uns beiden aufstieg. Ordentlich füllte sie die Felder eines nach dem anderen aus, Name, Vorname, Adresse, ich sah, mit wie viel Sorgfalt sie die Schleifen der L und der J malte, sich um eine besonders schöne und saubere Schrift bemühte. Zwischen zwei Feldern hob sie den Kopf und flüsterte mir zu, Stell dir vor, wir gewinnen hunderttausend! Ich musste ihr versprechen, meinem Vater nichts davon zu verraten. Sie wusste, das würde ihn wütend machen, und ich schwor ihr, ich würde kein Wörtchen sagen, ich war froh, ihm etwas verschweigen zu können, mit ihrer Billigung, als würde das bewirken, dass ich zur Welt der Erwachsenen gehörte.

Ein paar Tage später sammelte ich die Post auf und sah in dem Bündel wieder einen solchen bunten Umschlag. Ich lief zu ihr, ich schrie Oh mein Gott Oh mein Gott Oh mein Gott Oh mein Gott. Mit bebenden Fingern öffnete sie den Umschlag. Im Brief hieß es, MONIQUE, DER HAUPTGEWINN, 100.000 EURO, IST NÄHER ALS JE! Schicken Sie einen Scheck über 5 Euro, dann nimmt Ihr Name zweimal an der Ziehung teil, und Sie haben eine mehrfache Chance auf den GEWINN. Sie biss sich auf die Unterlippe, Das könnte sich doch lohnen, oder? Was sind schon fünf, wenn wir hunderttausend gewinnen. Ich nickte wie irre, Ja, ja, mach das. Sie schickte den Scheck ab, ein paar Tage später kam wieder Post, wir sollten erneut einen Scheck schicken, um vielleicht einen Großbild-Fernseher zu gewinnen, einen mit flachem Bildschirm, NOCH VOR DER HAUPTZIEHUNG. Wir schickten den Scheck ab, dann noch einen, und wieder einen. Jedes Mal, wenn Post kam, spürte ich, wie sich mein Herzschlag beschleunigte, aber nach dem vierten oder fünften Mal, als wieder ein Scheck von ihr verlangt wurde, begriff sie endlich, und ich mit ihr, dass das Ganze nichts war als Abzocke. Sie seufzte, Na gut, ich glaube, wir haben uns bescheißen lassen. Oder wir haben uns verlesen, und die wollten von uns hunderttausend Euro in Schecks über fünf. Ich träumte noch ein paar Tage davon, was für ein Leben diese hunderttausend Euro uns beschert hätten, dann dachte ich nicht mehr daran.

Eine Hypothese: Ich glaube, wenn wir uns in den letzten Jahren nicht einander angenähert hätten, wenn es diese Annäherung nicht gegeben hätte, die dank der Trennung begonnen hatte, dann hätte ich mich an diese Geschichte nicht erinnert. Weil unsere Beziehung sich verändert hat, kann ich jetzt wohlwollend auf unsere Vergangenheit blicken, oder besser gesagt, kann ich im Chaos der Vergangenheit Fragmente der Zärtlichkeit ausmachen.

Unsere Annäherung hat nicht nur die Zukunft meiner Mutter verändert, sie hat auch unsere Vergangenheit transformiert.

*

Sie suchte Arbeit. Wegen der Trennung von meinem Vater hatte sie weniger Geld zur Verfügung, das musste ausgeglichen werden, also half sie wieder alten Leuten im Dorf beim Waschen und Anziehen. Dabei war ihr wichtig, Ich bin keine Putzfrau, aufgepasst, ich bin Haushaltshilfe, das ist fast so gut wie Krankenschwester.

Wichtigkeit kleinster Unterschiede, Furcht, ganz unten auf der sozialen Skala zu stehen, Wunsch, nicht einen der gesellschaftlich am wenigsten angesehenen Berufe zu verrichten, eine jener Tätigkeiten, deren Bezeichnung sofort Elend und Armut evoziert: Putzfrau, Kassiererin, Müllmann, Straßenkehrer.

Manchmal schlug die Besessenheit bezüglich der kleinen Unterschiede in Wut um, Die Krankenschwestern, die halten sich für wer weiß was mit ihrem Diplom, die geben voll an, aber eigentlich mache ich dasselbe wie sie, ich mache sogar viel mehr.

Und sie klagte sogar darüber, nicht genug Arbeit zu haben. Diese Arbeit, die sie verabscheut hatte, solange sie noch mit meinem Vater zusammenlebte, denn sie war Bestandteil ihres Lebens als Unterdrückte, wurde auf einmal zum Instrument der Befreiung. Alle Wörter, alle Realitäten änderten ihren Sinn.

Jetzt hatte sie meinen Vater schon vor einigen Monaten verlassen und wohnte mit meinen beiden jüngeren Geschwistern in einer Sozialwohnung am Rande der Felder, die ihr das Sozialamt zugewiesen hatte. Sie erzählte mir begeistert, Mit mehreren Zimmern oben! Dein Bruder und deine Schwester haben jeweils ein eigenes Zimmer.

Sie brüstete sich, Da siehst du mal, wie gut ich zurechtkomme, ich hab sofort eine Sozialwohnung gefunden. Dein Vater hätte das nicht geschafft!

Wie soll ich es sagen, ohne naiv zu wirken oder mir mit einer abgegriffenen, idiotischen Floskel zu helfen: Es rührte mich, dich glücklich zu sehen.

Wie alle Metamorphosen führte auch ihre zu einer bedeutsamen Begegnung. Sie fand eines Abends statt, bei einer Freundin im Dorf, die sie zum Geburtstag eingeladen hatte. Der Bruder dieser Freundin war auch dort, meine Mutter hatte ihn noch nie gesehen; er lebte als Hausmeister eines Mietshauses in Paris.

Den ganzen Abend flirtete er mit meiner Mutter, die absolut nicht abgeneigt war, im Gegenteil, sie hatte Lust auf ein Abenteuer und ermutigte ihn, aber sie warnte ihn gleich, Ich lass mir von Männern nicht mehr übel mitspielen!

Sie sahen sich wieder. Er mochte die fröhliche, feierlustige Art meiner Mutter, ohne zu ahnen, dass diese Seite ihrer Persönlichkeit gerade erst wieder erblühte, dass sie zwanzig Jahre lang erstickt gewesen war.

Er sagte, sie solle nach Paris ziehen, zu ihm, aber das wollte sie nicht. Erst wollte sie ihn richtig kennenlernen, Ich bin schon auf zwei Männer reingefallen, noch mal passiert mir das nicht! Mir ist meine

Freiheit zu kostbar. Jetzt hab ich sie, jetzt lass ich sie nicht wieder los.

Sie kamen einander näher, sie begriff, dass er nicht so war wie mein Vater oder ihr erster Ehemann, Bei ihm kommandiere ich. Ich sag, wo's langgeht.

In ihrem Leben war die Liebe immer ein Raum gewesen, in dem man kommandierte oder kommandiert wurde, kein Raum frei von Machtverhältnissen.

Im Fernsehen hatte eine Kommentatorin von ihrem »Stolz als Frau« gesprochen, und fortan begründete meine Mutter all ihre Wünsche und Entscheidungen mit diesem Ausdruck. Auf ihre eigene Weise war sie zum politischen Subjekt geworden.

Ich redete ihr zu, die Mutterrolle abzulegen. Mein jüngerer Bruder war jetzt achtzehn, er lebte immer noch bei ihr, machte keine Ausbildung, hatte keine Arbeit, sondern verbrachte mehr als zehn Stunden pro Tag an seiner Spielkonsole.

Meine Mutter seufzte, Ich kann den doch nicht nach Paris mitnehmen, aber allein lassen kann ich ihn auch nicht. Ich bin keine von diesen Müttern, die ihre Kinder verlassen.

Ich sagte, sie solle jetzt einzig und allein an sich denken, er sei zwar ihr Sohn, aber doch ein Mann, und sie dürfe sich ihr Leben nicht wieder von einem Mann verderben lassen. Das wurde mir in dem Moment klar, ein Sohn mag seiner Mutter gegenüber Sohn sein, aber er ist doch immer auch ein Mann gegenüber einer Frau.

Sie zögerte, Ja, gut, aber was soll er denn machen? Ich kann doch meinen Jungen nicht verlassen. Der Ruf der Freiheit verlockte sie, aber sie fühlte sich immer noch in der Verantwortung und damit gebunden. Ich ließ nicht locker, Er wird schon zurechtkommen. Du hast es dir verdient, egoistisch zu sein.

Ein Jahr später zog sie nach Paris[1], wo ich mein in Amiens begonnenes Studium fortsetzte. Als ich sie zum ersten Mal in der Straße besuchte, in die sie gezogen war, konnte ich kaum glauben, wen ich da vor mir hatte, wer sie geworden war. Nichts an ihr erinnerte an die Frau, die meine Mutter gewesen war. Sie hatte sich geschminkt, die Haare gefärbt. Sie trug Schmuck. Wenige Wochen Abstand zu dem Dorf und zu dem, was allzu lang ihr Leben gewesen war, hatten genügt, ihre äußere Erscheinung von Grund auf zu verwandeln. Sie las mir die Überraschung vom Gesicht ab und sagte – wie immer die Theoretikerin ihrer selbst, Siehst du, ich bin nicht mehr dieselbe wie vorher! Jetzt

1 Sie hatte recht behalten, nicht nur für sich selbst, auch für meinen Bruder. Eine Metamorphose zog die andere nach sich. Nach ihrem Weggang fand er eine eigene Wohnung, Freunde, neue Beschäftigungen. Eines Tages sagte er zu mir, Ich bin verwandelt, ich war der reinste Zombie.

bin ich eine echte Pariserin. Ich lächelte, Ja, stimmt. Stimmt, du bist die Königin von Paris.

Sie umarmte mich und küsste mich auf die Wange.

Und dann deine Begegnung mit Catherine Deneuve. Ich war jetzt als Schriftsteller bekannt und zu Dreharbeiten eingeladen, an denen sie teilnahm. Irgendwann sagte ein Mann hinter mir eine Pause an und fragte mich, ob ich Catherine Deneuve treffen wolle. Ich bejahte und folgte ihm; als ich ihr gegenüberstand, total nervös, suchte ich fieberhaft nach einem Satz, nach etwas, das weder zu ernst noch zu oberflächlich war, und du fielst mir ein, du bewunderst Deneuve, auch wenn dein Leben von ihrem nicht verschiedener sein könnte. Ich sagte, du wohntest ganz in ihrer Nähe; das hielt ich für eine unverfängliche Bemerkung, die mir allgemeines oder banales Gerede über Politik oder irgendwelche Tagesnachrichten ersparen würde.

Catherine Deneuve zog die Augenbrauen hoch; offensichtlich war sie überrascht, ich erzählte ihr von deiner Metamorphose, dass du jetzt mit deinem Freund zusammenlebtest, dem Hausmeister. Sie lächelte, und zwischen zwei Zigarettenzügen sagte sie, sie könne dich ja mal besuchen.

Ein paar Tage später riefst du mich an, Rat mal, mit wem ich gerade eine geraucht hab!!!! Mit Catherine Deneuve!!!!

Ich hätte nie gedacht, dass sie das wirklich macht. Ich hatte es für eine höfliche Bemerkung gehalten, um etwas zu sagen, um die Befangenheit eines ersten Gesprächs zu überspielen.

Am Telefon erzähltest du mir, dass Catherine Deneuve auf einmal bei dir vor der Haustür gestanden und gesagt hatte, ihr könntet eine Zigarette miteinander rauchen und euch unterhalten, Ich hab immer vorsichtig rumgeschaut, weil ich gehofft hab, dass möglichst viele Leute mich mit ihr sehen. Alle sollten wissen, dass Catherine Deneuve sich mit mir unterhält.

Ich hatte dich noch nie im Leben so aufgewühlt erlebt, als würde diese Begegnung mit der von jung an bewunderten Schauspielerin den Erfolg aller für deine Metamorphose unternommenen Anstrengungen kondensieren und verkörpern. In deinen Worten, bei einer späteren Gelegenheit, mit gekräuselter Stirn, Mein ganzes Leben lang habe ich mir übel mitspielen lassen, aber jetzt lebe ich in Paris und treffe mich mit Catherine Deneuve!

Und in Paris verwendete sie auch neue Sätze, als Spiegel ihres neuen Daseins, *Heute bin ich ein biss-*

chen im Jardin du Luxembourg spazieren gegangen, Ich habe im Straßencafé bei mir um die Ecke ein Käffchen getrunken.

Ich weiß nicht, ob sie innerlich die Revolution verspürte, die in der schieren Möglichkeit bestand, diese Sätze zu äußern, Sätze, die ich selbst bei meiner Ankunft in Paris der Welt der Intellektuellen und Bürgerlichen, der Privilegierten zugeordnet hatte, den *Memoiren* von Simone de Beauvoir, einer Welt, die ihrer bisherigen radikal entgegengesetzt war.

Wenn ich ihr gegenüber das Dorf erwähnte, seufzte sie, Ja, die Mentalität auf dem Land! Ich könnte nie wieder auf dem Land leben, jetzt, da ich in der Stadt bin, so viel ist sicher.

Auf einmal verlieh das Glück ihr eine Jugend. Früher hatte sie ihre Jugend nur drei- oder viermal erwähnt, als ich sie beschwipst sah, fast zufällig, jetzt erzählte sie lang und breit, wie sie als Teenager mit ihren Freundinnen in die Disco gegangen war, vor ihrer Hochzeit mit achtzehn Jahren, wie sie dort einen ihrer besten Freunde getroffen hatte, auf der Tanzfläche. Und der *wie du* gewesen ist, also homosexuell.

Ich konnte nicht begreifen, warum sie mir das nicht früher erzählt hatte, in meiner Kindheit, als ich lieber sterben wollte, als zu sein, wie ich war, weil ich mich selbst krank und abartig fand.

Ich lauschte diesen neuen Geschichten und dachte an die Frau zurück, die meine Mutter gewesen war, in all den Jahren im Dorf

Wie sie mit dem Fahrrad durch die Straßen fuhr, ein Schemen im Nebel, den Körper von Backsteinmauern umgeben, umgeben vom Grau Nordfrankreichs

Wie sie ihren roten Mantel trug, der ihr zu weit war, denn er hatte meinem Vater gehört, und sie konnte sich keinen anderen leisten, ihre Hände verschwanden in den Ärmeln, die Kapuze verbarg ihren Blick

Wie sie wusste, dass die anderen Frauen bei ihren täglichen Treffen auf dem Platz vorm Rathaus sich über ihren zu weiten Mantel lustig machten, sie aber sagte, Da pfeif ich doch drauf

Wie diese Frauen und ihre Gemeinheiten ihr einziger Horizont waren

Wie sie nachmittags vor dem Fernseher einschlief, nach der Hausarbeit, allein im Haus, im feuchten Geruch der Putzmittel, der über der Stille schwebte

Wie das häusliche Leben sie verschluckt hatte

Ich bin die Sklavin von dieser Hütte

Wie sie mich mit Fausthieben traktierte, voller Wut, und ich sah, wie jeder Schlag ihr guttat (einmal oder zweimal in der gesamten Kindheit)

Wie sie wegen der Zigaretten hustete

Wie sie weinte

Wie sie ging
Wie sie träumte
Wie sie klagte, dass mein Vater ihr zum Geburtstag immer nur Haushalts-Elektrogeräte schenkte, Staubsauger, Friteusen
Ich bin doch trotz allem kein Dienstmädchen
Wie ich dachte: Ich kenne sie nicht
Wie sie mich zerstörte
Wie sie zu mir sagte, halb angewidert, halb empört, *Kannst du nicht wenigstens manchmal ein bisschen normal sein?*
Wie sie mich zu meiner Tante schickte, ein Päckchen Nudeln holen, weil wir nichts mehr zu essen hatten
Wie sie mit den Schultern zuckte und sagte, Was haben wir bloß für ein Scheißleben
Wie sie trotzdem lachte
Wie sie über Angélique sprach, Tränen in den Augen
Wie sie sagte, sie wäre gerne lesbisch, um ein Leben ohne Männer zu führen
Wie sie litt
Wie sie wegen meines großen Bruders gerichtliche Vorladungen erhielt
Wie sie stets aufs Neue wiederholte, Was haben wir bloß für ein Scheißleben
Wie sie litt

Sie las mir die Überraschung vom Gesicht ab und sagte – wie immer die Theoretikerin ihrer selbst, Siehst du, ich bin nicht mehr dieselbe wie vorher! Jetzt bin ich eine echte Pariserin. Ich lächelte, Ja, stimmt. Stimmt, du bist die Königin von Paris.

Die Befreiung schritt weiter voran. Seit einem halben Jahr führte sie ihre neue Existenz. Wenn ich sie nachmittags besuchte, jeden Monat oder jeden zweiten, trug sie immer etwas Neues, lächelnd. Keine besonders qualitätsvolle oder luxuriöse Kleidung, aber darauf kam es nicht an, sie war glücklich, jetzt eine Frau zu sein, die sich etwas zum Anziehen kaufte, das zu tun, wie sie es selber sagte, *was alle anderen Frauen tun*: sich schminken, sich pflegen, sich frisieren.

Für manche ist die Identität als Frau gewiss eine bedrückende Identität; für sie bedeutete das Frau-Werden eine Errungenschaft.

Eines Abends in diesem neuen Leben besuchte ich mit ihr die Bar eines Luxushotels, eines regelrechten Palastes, um ihr eine Freude zu machen. Ich betrat die Bar mit ihr, wir setzten uns neben einen gewaltigen Kamin. Eine Frau nahm uns die Mäntel ab, ein Mann mit weißer Serviette über dem Arm bediente uns. Ich sah, wie angespannt sie war, voller Angst, etwas falsch zu machen. Sie bestellte denselben Cocktail wie ich, sie beobachtete meine Bewegungen und mein Verhalten. Sie imitierte mich, wohl im Glauben, dass ich mit dieser Welt und ihren Codes vertraut sei. Auf alles, das ich sagte, antwortete sie mit, Gewiss gewiss, genau genau, sie spielte eine Rolle. Aber vor allem, und darauf kam es mir an, konnte ich ihr die Freude in diesem Moment ansehen, darüber, in diesem Luxustempel zu sein und ein Stückchen von einem Leben zu stibitzen, das sonst niemals ihr gehört hätte. Sie kniff die Augen zusammen, Wir beide machen es richtig gut. Als ich mich hinterher auf der Straße vor ihrem Haus von ihr verabschiedete, sagte sie, Können wir so was bald wieder machen? Ich hab so Lust, mich zu amüsieren!

Ein andermal lud ich sie an ihrem Geburtstag zum Abendessen in ein Restaurant ganz oben im Montparnasse-Hochhaus ein. Am Abend zuvor hatte ich zu meinen Freunden gesagt, ich hätte ein wenig Angst, der Ort könnte sie einschüchtern und daran hindern, das Essen richtig zu genießen – das hatte ich im Vorjahr mit meinem Vater erlebt, als ich ihn in ein Grillrestaurant einlud, weil ich wusste, dass er das besonders mochte, aber als er die Speisekarte aufgeschlagen hatte, wollte er auf keinen Fall die besten Gerichte bestellen, die ich ihm empfahl, die Preise schockierten ihn. Am Ende bestellte er ein einfaches Hacksteak, das Günstigste der ganzen

Speisekarte, er sagte immer wieder, er wolle nicht, dass ich so viel Geld ausgebe. Jetzt befürchtete ich, mit meiner Mutter könnte es genauso laufen, aber als der Kellner uns die Speisekarte gereicht hatte, bestellte sie Gänseleber, sie bestellte Hummer, sie schlug vor, Champagner zu trinken, Wir gönnen uns ein Gläschen, oder? Sie wollte die Chance, ein anderes Leben zu leben, nicht vertun.

Roland Barthes: »Sein (einzugestehender?) Traum wäre, in eine sozialistische Gesellschaft gewisse Reize (…) der bürgerlichen Lebenskunst hineinzutragen. (…) Diesem Traum widersetzt sich das Gespenst der Totalität, die will, dass das bürgerliche Faktum en bloc verurteilt wird und dass jedes Sichdavonmachen des Signifikanten wie ein Lauf bestraft wird, dessen Schandfleck zurückgebracht wird. Könnte es nicht möglich sein, die (deformierte) bürgerliche Kultur zu genießen, als wäre sie ein *Exotismus*?«

An diesen Abenden im Luxushotel und oben im Montparnasse-Hochhaus habe ich genau diesen Exotismus mit ihr geteilt.

Was ist Veränderung?

So, wie ich meine Mutter heute kenne, widersprechen Dutzende Tatsachen der einfachen Geschichte einer glücklichen Metamorphose. Sie hat Frankreich noch nie verlassen, sie kauft ihre Nahrungsmittel weiterhin in den Armeleute-Supermärkten am Stadtrand von Paris, sie verdient kein Geld und ist also teilweise von dem Mann abhängig, mit dem sie zusammenlebt, sie findet keinen Kontakt zu den Leuten in ihrem Viertel, die bourgeoisen Frauen aus ihrer Straße begegnen ihr voller Herablassung. Sie gibt zu, An manchen Tagen langweile ich mich, ich habe hier keine Freunde. Die Leute hier sind anders als wir.

Ist eine Veränderung immer noch eine Veränderung, wenn sie in einem gewissen Maße von der Gewalt der Klassenordnung eingeschränkt wird?

Und dennoch. Dennoch ist sie glücklich. Das sagt sie mir immer wieder. Ich weiß nicht mehr, was und wie ich denken soll. Vielleicht ist die Frage nicht, was Veränderung ist, sondern was Glück ist. Ich finde keine Antwort, aber ich weiß, dass ihr jetziges Leben, das, was sie geworden ist, mich zwingt, dieser Frage nachzugehen.

Sie hat einen anderen Familiennamen angenommen, so wie ich es auch getan habe. Sie wollte nicht mehr Bellegueule heißen, der Name, mit dem ich geboren bin und den ich mit ihr geteilt hatte, ein plumper, volkstümlicher Name. Sie hat ihren neuen Namen aus dem Mädchennamen ihrer Mutter und dem Nachnamen ihres Adoptivvaters zusammengesetzt. Als sie mir ihren neuen Personalausweis zeigte, sagte sie, Sieht doch nobel aus, oder?

Sie hat sich im Supermarkt Liebesromane gekauft. Sie wollte nicht mehr fernsehen, sie, die meine ganze Kindheit lang jeden Tag ferngesehen hatte. »Fernsehen ist wirklich Scheiße.«

Zum ersten Mal hat sie ihr Leben im Futur formuliert, In zehn Jahren, wenn er – ihr Lebensgefährte – nicht mehr arbeitet, werden wir uns einen Wohnwagen kaufen, und dann leben wir in ganz Frankreich, wir werden herumreisen. Ich habe immer von einem Leben unterwegs geträumt.

Eine letzte Erinnerung. Vor ein paar Monaten, es war im Garten eines Cafés, in dem ich mich mit ihr verabredet hatte, erzählte sie mir, dass meine Grundschullehrerin sie zu sich bestellt hatte, als ich sechs Jahre alt war. Die Lehrerin wollte ihr mitteilen – jedenfalls behauptet meine Mutter das jetzt –, dass mein Verhalten von dem aller anderen Kinder abwich, dass ich allzu große Träume und Wünsche äußerte, einen Ehrgeiz, der für ein Kind meines Alters nicht normal sei. Sie sagte, die anderen Kinder wollten Feuerwehrmann oder Polizist werden, ich hingegen redete davon, König oder Staatspräsident zu werden, ich schwor, sobald ich erwachsen wäre, würde ich meine Mutter mitnehmen, weit weg von meinem Vater, und ihr ein Schloss kaufen.

Ich wünsche mir, dass diese Erzählung von ihr in gewisser Weise eine solche Stätte ist, die ihr eine Zuflucht bietet.

Quellen

Peter Handke, *Wunschloses Unglück*, S. 66, Suhrkamp Verlag, Frankfurt am Main (zuerst 1972).

Roland Barthes, *Über mich selbst*, deutsch von Jürgen Hoch, S. 68, Verlag Matthes & Seitz Berlin, Berlin 2019 (zuerst 2010), Original *Roland Barthes par Roland Barthes* (zuerst 1975).